閱讀123

國家圖書館出版品預行編目資料

小熊寬寬與魔法提琴 2／陳沛慈 文；
金角銀角 圖；-- 第二版，-- 臺北市：親子天下，
2019.07
109 面；14.8x21 公分．-（閱讀 123）
ISBN 978-957-503-440-5
863.59　　　　　　　　108009260

閱讀 123 系列 —— 056

小熊寬寬與魔法提琴 2

勇闖黑森林

作者｜陳沛慈
繪者｜金角銀角
責任編輯｜黃雅妮
封面設計｜唐壽南
美術設計｜蕭雅慧

發行人｜殷允芃
創辦人兼執行長｜何琦瑜
副總經理｜林彥傑
總監｜黃雅妮
版權專員｜何晨瑋、黃微真

出版者｜親子天下股份有限公司
地址｜台北市 104 建國北路一段 96 號 4 樓
電話｜（02）2509-2800　傳真｜（02）2509-2462
網址｜www.parenting.com.tw
讀者服務專線｜（02）2662-0332　週一～週五：09:00~17:30
讀者服務傳真｜（02）2662-6048
客服信箱｜bill@cw.com.tw

法律顧問｜台英國際商務法律事務所．羅明通律師
製版印刷｜中原造像股份有限公司
總經銷｜大和圖書有限公司　電話：（02）8990-2588

出版日期｜2015 年 2 月第一版第一次印行
2021 年 5 月第二版第四次印行
定價｜260 元
書號｜BCKCD131P
ISBN｜978-957-503-440-5（平裝）

訂購服務
親子天下 Shopping｜shopping.parenting.com.tw
海外．大量訂購｜parenting@cw.com.tw
書香花園｜台北市建國北路二段 6 巷 11 號　電話（02）2506-1635
劃撥帳號｜50331356 親子天下股份有限公司

勇闖黑森林

小熊寬寬與魔法提琴2

文 陳沛慈　圖 金角銀角

目次

角色登場

熊媽媽

熊家小吃店的大主廚，年紀不小脾氣更不小。喜歡創造新奇有趣的美食，最討厭浪費食物和半途而廢的人。

小熊寬寬

住在樂活森林裡的小熊，個性憨厚又熱心，人緣非常好。成為魔法小提琴的擁有者後，意外跟著小提琴一起經歷大大小小的歷險旅程。

熊爸爸

年輕時愛喝陳年老酒，現在只能喝陳年老醋。擁有高人一等的記憶力和體力，對寬寬和熊媽媽包容性十足。很愛乾淨，最討厭被人誣賴亂放屁。

狐狸老師

音樂學院的高材生，畢業後，在皇家音樂學院當老師。因為表現得太優秀，引起國王的忌妒。國王找了一個亂七八糟的理由，將他解職。

音樂王國國王

喜歡蒐集各類樂器，卻見不得別人演奏得比他好，所以常用魔法，把音樂家們變成各式各樣的昆蟲，是個人見人厭的貪心國王。

一 奇怪的鳥媽媽

寬寬戰勝顛倒女巫，得到魔法小提琴後，回家累得倒頭大睡。

「叩——叩、叩——叩！」

第二天一大清早，寬寬被一陣聲音吵醒。床前有隻奇怪的大鳥，正啄著那本藍色琴譜。

「你是誰？為什麼啄我的琴譜？」

大鳥看了寬寬一眼：「你的琴譜？我是鳥媽媽，住在這本樂譜裡。」

「喔，那琴譜還你好了。」

寬寬揉揉眼睛說。

「還我？你是小提琴的主人，說什麼傻話。」鳥媽媽伸出短短的翅膀，輕輕一揮，淡藍色的弓便射進寬寬的手掌裡。

「好了，開始拉吧。」鳥媽媽跳上琴譜。

「等等，我還沒吃早餐，肚子空空的怎麼練琴？」寬寬的肚子發出咕嚕咕嚕的叫聲。

「這是一把具有魔法的小提琴，它可以拉出任何你想要的東西。」

「真的嗎？那我要熱騰騰的蘋果

醬麵包，和香噴噴的蜂蜜檸檬茶。」

寬寬邊說邊嚥口水。

鳥媽媽翻開樂譜，「寶石類」、「武器類」、「城堡類」……翻到最後一頁，她嘆了一口氣：「唉，沒有食物類，只好重新創造新曲子了。」

「這件事只有小提琴認可的主人才辦得到。現在你先選一首不要的曲子，用

弓的根部把它擦掉。」烏媽媽詳細的解釋。

寬寬將一首「黃金萬兩」擦得一乾二淨，「再來呢？」

「再用弓尖，也就是另一邊，在琴譜上方寫下你想要的東西，一首曲子只能寫一種東西喔。」

寬寬寫下：「熱騰騰蘋果醬麵包。」

可是等了老半天，卻什麼也沒出現……

「你騙我，根本沒有麵包！」

「真是的，你沒拉琴，當然沒有東西。快把琴架起來，

要開始了。」

鳥媽媽跳上琴譜，開始在五線譜上產下一顆又一顆的蛋。

鳥媽媽的蛋很奇特，有的白、有的黑、有的大、有的小、有的長著一條長長的尾巴，還有兩顆蛋用小尾巴牽在一起。

「你下的蛋好可愛喔。」寬寬看得直拍手。

「這是音符，不是蛋。別拍手了，快照著樂譜拉琴吧。」鳥媽媽催促著。

「什麼是『照著樂譜拉琴』？拉琴不是用弓鋸來鋸去就好了嗎？」寬寬拿起弓在弦上鋸了兩下。

琴身忽然飛出兩坨又臭又髒的爛泥巴，打中寬寬的手，「哎唷，好痛！這是什麼？」

「是你拉出來的垃圾！」

鳥媽媽嘆了一口氣，跳下樂譜，在小提琴上啄了兩下，問：「他不會拉琴，你要不要換人？」

「不換。」琴身出現一排字。

「他是個大外行耶。」

「外行才敢拉我，我想被演奏。」

「可是他連基本的技巧都不會。」

「教他。」

「怎麼教？」

「魔鬼訓練！」

寬寬趁著鳥媽媽和小提琴在對話，悄悄的轉身想離開。

「你要去哪裡！」不知道什麼時候，烏媽媽已經擋在房門口了。

「我肚子餓了，想去吃早餐……」一滴汗緩緩的從寬寬額頭上滑落。

「想吃早餐就靠自己拉出來。沒完成之前，哪裡也別想去！」烏媽媽的小眼珠裡射出冷冷的凶光，房門被她狠狠的鎖上。

二 拉出正確的聲音

夏天沒打聲招呼就來了。午後暖洋洋的南風，吹得整座樂活森林昏昏欲睡，只有幾隻熱昏頭的知了，忽然亂叫幾聲以外，一切安安靜靜……，而很久沒有營業的熊家小吃店是唯一的例外。

「噁，好苦的蜂蜜。」寬寬皺著眉，吐出長長的舌頭。

「因為你拉的ㄙㄛ不準。再拉一次！」

「咦，這顆蘋果怎麼是紫色的？」

「因為你的拍子不對。再拉一次！」

「哇，五角形的橘色西瓜。」

「弓沒拿直、歪來歪去，當然會拉出怪東西。再拉一次！」

在烏媽媽的魔鬼訓練下，寬寬不斷的練習，琴音愈來愈準、琴譜愈看愈快、拍子愈來愈穩。

終於，在一個美麗的黃昏，寬寬拿著一塊土司大叫，「烏媽媽你看，這塊白土司好香，吃起來也很好吃。」寬寬興奮的將白土司放在烏媽媽面前。

烏媽媽聞一聞，再啄一啄，「嗯，不錯。如果音色再圓滑一點，應該會更好吃。」

「好，我再試試。」隨著琴音響起，一股濃郁的香味飄出。

「太好了，你抓到訣竅了，我終於可以休息了。」烏媽媽啄了一口金黃色的土司說。

「你的意思是……」

「你已經可以拉出準確的音色，也知道魔法小提琴的用法，這樣就可以拉出所有你想要的東西。但是，如果想要更精緻的美食或物品，需要勤練更高深的技巧才行。這個我沒辦法教你，你再去找更厲害的老師吧。」

鳥媽媽伸了一個大大的懶腰，跳上樂譜。

「鳥媽媽，謝謝你，你是最棒的老師！」在寬寬的感謝聲中，鳥媽媽走進樂譜，變成一個簡單的高音譜記號，直挺挺的站在樂譜左方。

寬寬溫柔的摸了摸高音譜記號，不小心落下兩滴眼淚，淚珠在樂譜上化成兩個小小的音符。

三 新老師

幾個星期後，熊家小吃店重新開幕。嶄新的招牌上寫著：「寬寬小吃店為你拉出美食」。門外的立牌上寫著本週的「音樂小菜」：

發拉拉——花椰菜沙拉

多咪咪——檸檬加蜂蜜

瑞縮縮——老醋燉波蘿

小吃店擠得水洩不通，店裡

不時傳出：「三碗瑞縮縮」、「五盤發拉拉」、「多咪咪缺兩杯」。

熊爸爸和熊媽媽笑容滿面的忙碌著，顧客們又驚又喜的品嘗寬寬為他們拉出來的美食和音樂。

小吃店重新開幕的第一天，在大家的讚美聲中結束。累了一整天的寬寬，爬上高高的樹梢。

他對著小提琴自言自語：「雖然大家都說我很棒。但是，我想變得更厲害，當個配得上你的演奏家。可是，我該去哪裡找老師呢？」

小提琴忽然發出叮叮咚咚的聲音，琴身上出現一排字──「音樂老師快來了」。

「真的？什麼時候？」寬寬興奮的問。

小提琴靜悄悄的，一點反應也沒有。

寬寬捧起小提琴激動得說：「快告訴我音樂老師在哪裡？」

這時，一個聲音從樹下傳來，「寬寬大師果真厲害，我引以為豪的無聲步伐，您卻一下子就聽到了。您好，我是絲竹。」一隻白色的狐狸從樹後面走出來。

「你說謊。你是狐狸，怎麼會是死豬？」

寬寬溜下大樹。

「我的名字叫『絲竹』，『絲竹』就是音樂的意思。」白狐狸說。

「你的名字是『音樂』？原來你就是音樂老師！請你收我當徒弟吧！」

「您弄錯了，我不是音樂老師，我只是音樂國王的信差。」白狐狸給寬寬一封邀請函。

趁寬寬看邀請函時，白狐狸先生一溜煙跑走了。

白狐狸先生原本是皇家音樂學院的老師，因為他創作的歌曲得罪了國王，被處以「為國王做一百件事」的刑責。由於音樂王國裡流傳著寬寬的魔法事蹟，沒人敢送這封信，最後只得落到白狐狸身上。

雖然是封皇家邀請函，可是，內容卻一點也不友善：

樂活森林的寬寬：

如果你無法在五天後，準時出席皇家音樂會，就必須把魔法小提琴交出來。

p.s 將送信的狐狸變成昆蟲，再一腳踩扁他。

我會多等你五分鐘。

最偉大的音樂國王 筆

寬寬很興奮，他很想去音樂王國開開眼界，卻不知道音樂王國在哪裡？

這時，小吃店門口傳來聲音：「請問，還有提供晚餐嗎？」

「啊！白狐狸先生！」寬寬高興得大叫。

「啊！寬寬大師！」白狐狸害怕得大叫。

「媽媽，他就是國王要我把他變成昆蟲的那位老師。」寬寬興奮得向爸爸、媽媽介紹。

「那真是太好了！」

正要進屋裡的熊爸爸，順手將白狐狸推進小吃店。

寬寬架起魔法小提琴，想為白狐狸拉一份好吃的晚餐。

白狐狸看見寬寬準備拉琴，嚇得雙腳一軟，「咖登！」一聲，跪了下去，「寬寬大師，求求你別把我變成昆蟲。你有什麼要求，我都答應你。」

「真的，我發誓。」

「真的？什麼都答應？那麼請你當我的老師吧！」

經過兩天的相處，白狐狸終於相信寬寬只是個喜歡拉琴，不懂魔法的好孩子。

他決定成為寬寬的音樂老師，並親自護送寬寬前往音樂王國。

四 大嘴音符魚

打結森林
電流平原
音樂王國

寬寬帶著魔法小提琴，跟著老師一起出發了。音樂王國位在黑森林的深處。走沒多久，他們來到一條湍急的河流前。

「過了這條河，就可以抵達音樂王國的邊境。但是，河裡那些魚非常可怕。他們是被拉壞的音符所變成的，心中充滿了怨氣，千萬不要太靠近河面。」白狐狸說。

果真，河裡的魚雖然很像鳥媽媽生出來的

音符蛋，但卻個個長了一張可怕的大嘴。

老師帶著寬寬走向一座鐵橋，

橋前面排著長長的隊伍，

「仔細看他們怎麼過河。」

第一位是紅鶴小姐，她按下橋頭的按鈕，一張紙條從按鈕下跑出來，柵欄立刻升起。紅鶴小姐拿出直笛，一邊吹奏小蜜蜂進行曲，一邊輕快的走過橋。

「這麼簡單？」寬寬興奮的大叫。

但是，接下來的幾位，不是音不準，就是拍子不對，紛紛掉進橋面出現的大洞裡，被音符魚咬得落荒而逃。

白狐狸老師抽到一首高難度的歌劇詠嘆調，沒想到高難度的歌曲，老師唱起來既輕鬆又動人心弦，當最後一個音唱完，他已經在對岸向寬寬招手了。

寬寬一點信心也沒有，因為他知道的曲子很少。正當他準備按下按鈕時，蘆葦叢裡走出兩位音樂魔法師，笑容滿面的對寬寬說：「您是寬寬大師嗎？來來來，這是我們特地為你保留的、最簡單的題目。」

寬寬打開紙條，上面寫著：「唱兩次五音不全的『生日快樂歌』，每個音都要不準，只要唱對一個音，就算失敗。」

其他人為寬寬大聲抗議，「這題目太難了！」、「這麼簡單的歌，一年要唱好幾次，怎麼可能唱不準！」、「這一定是國王想的主意，他最奸詐了。」

寬寬不懂大家為什麼這麼氣憤。這個題目對他而言真是太簡單了。每次他一唱歌，大家就會捂著耳朵跑開，他的歌聲比五音不全更嚴重，是天生的八音不全。

所以當寬寬努力唱「生日快樂歌」時，果真，沒有一個音是準的。就這樣，他也輕鬆的過橋了。

可是，當寬寬看到立在橋邊的看板時，

不禁皺起眉頭。

五 打結森林

接著，他們來到一座森林。

老師警告寬寬：「森林裡有很多打結的五線譜球，只要被他們纏住，就別想走出這座森林，千萬要小心。」

寬寬跟著老師輕手輕腳的走進森林。

忽然，一團線球滾到寬寬腳邊，寬寬好奇的伸手摸它，它竟然像隻小貓，在寬寬的腿邊磨蹭起來。

白狐狸老師一看，滿臉驚恐的衝

過來，拉起寬寬飛也似的衝出森林。沒想到那團線球，竟然也跟在寬寬後面滾出森林。

一出森林，他們就看到一群人站在懸崖邊嘰嘰喳喳的討論著。原來，山谷間的吊橋被燒掉了。懸崖旁立著一個牌子——「掃把乘坐區——以樂器付費」。

幾個音樂巫師乘著掃把在山谷間飛來飛去，不時發出尖笑聲。

老師嘆了口氣，「快走吧，沒有吊橋，我們要多走

掃把乘坐區
以樂器付費

半天的路。再不快走，會來不及到達皇宮。」

「我們可以自己造一座橋啊。」寬寬拿出琴譜說：「讓我試試看吧。」他把「麵條進行曲」改成「線條進行曲」，然後架起魔法小提琴拉了起來。

寬寬拉的琴音簡單卻有力，身旁的小線球隨著音樂左右扭動。不一會兒功夫，一條五線譜從線球裡掙脫出來。短短的曲子還沒拉完，小線球已經變成好多條黑線，在寬寬身後開心的跳躍扭動。

「太神奇了，這是什麼曲子？」白狐狸老師看得目瞪口呆。

「我學煮麵的時候，麵條總是打結，糊成一團。有了這首曲子，麵條就不會打結。沒想到，麵條的曲子對五線譜一樣有用。」寬寬邊拉邊向老師解釋。

「救命啊！」這時，成群結隊的五線譜球從森林

裡滾出來，大家嚇得四處逃竄。

「寬寬，你不要停，繼續拉。他們應該是想請你解開他們的結。」白狐狸老師說。

寬寬點點頭，繼續拉著「線條進行曲」。

果真像白狐狸老師說的，五線譜球一聽到寬寬的琴聲，立刻上下左右不停的扭動。然後，一條條黑線扭了出來，整齊的排在寬寬身後。

終於在寬寬拉完第十七次「線條進行曲」後，所有的五線譜都不再打結了。

這時，五線譜們在地上排出一排字，

「追隨我？不用了。不過，如果你們可以搭出一座吊橋，讓大家安全通過，我會很感謝你們。」寬寬指著毀壞的吊橋說。

五線譜大軍一聽到寬寬的請求，立刻「啪啪啪」踢著正步來到懸崖前，三兩下就搭出一座堅固的五線譜橋。

安全過橋的人大聲為寬寬歡呼。

巫師們把消息告訴國王，

氣呼呼的國王決定要讓寬寬付出慘痛的代價。

六
電流平原

哇哇叫電流平原
交出樂器哈哈笑
沒有樂器哇哇叫

走過五線譜橋，他們來到一個光滑得像面鏡子的平原前。

寬寬正想伸手去摸，老師緊張的大叫：「危險！」

原來這片草原被國王施了通電咒，只有把樂器交給兌換處的音樂巫師，才能安全通過平原。

這時候，有位胖嘟嘟的魔法師，

坐著掃把飛過來：「歡迎兩位，想通過電流平原嗎？歡迎拿樂器兌換交通工具。」

「他們要那麼多樂器做什麼？」寬寬看到一個小男孩，正猶豫著要不要將直笛兌換成特製的腳踏車。

「是國王要的，他有個大倉庫，擺滿各式各樣的樂器。但他從不演奏樂器，只想占為己有。」白狐狸老師說。

「太可惡了！」寬寬憤憤不平的說。

寬寬看到小男孩，正準備將直笛交給兌換處的魔法師。他衝向前去，將直笛搶下來：「不要換！直笛交給他之後，就再也不能被演奏了。」

男孩委屈的說：「可是，我外婆生病了，我必須趕快去

照顧她，只有從這裡走最快了。」

「國王實在太可惡了！」寬寬指著魔法師們大叫，卻發現魔法師正貪婪的盯著他手上的小提琴瞧。

「別過來！不然寬寬大師會把你們全變成癩蝦蟆！」白狐狸老師大聲制止。

其他正準備兌換交通工具的人，一聽到寬寬大師來了，全都收起手中的樂器，往寬寬身邊聚集。

「寬寬大師，請您幫我們想想辦法。」

「對啊，請您幫幫忙吧。」

寬寬問白狐狸老師：

「有什麼辦法嗎？」

「你可以用小提琴拉出不導電的乘載工具嗎？」

白狐狸問。

「只要不導電就可以了嗎？」寬寬問。

「對。」

「太好了，我想我有好點子了！」寬寬舉起小提琴高興得叫著。

「有的東西可以讓電流通過，就是會導電，比方說：鐵、各種金屬類。而有些東西不讓電流通過，就是不會導電，比方說：橡膠、木頭、玻璃、陶土等。」

導電

不導電

七 大湯匙與屁番薯

寬寬將琴譜翻到「美麗的陶瓷湯匙」那一頁。將「美麗」改成「巨大」。接著，走到平原前面，架起魔法小提琴開始演奏。一個巨大的陶瓷湯匙立刻出現在電流平原上。

「大家快上去吧。這是陶瓷湯匙，不會導電。」大家一聽，高興得爬上巨大的陶瓷湯匙。

可是，湯匙雖然不導電，卻不是交通工具，根本不會動。

「我有好辦法！但是，需要大家配合，才能成功。」寬寬又打開樂譜，翻到「超美味烤番薯」那一頁，接著，將「超美味」改成「放大屁」。

寬寬一拉完「放大屁烤番薯」樂章，湯匙上已經載滿了熱騰騰、香噴噴的烤番薯。

大家爭先恐後吃下一顆又一顆的番薯，等大家吃完所有的番薯，便照著寬寬的指示，將屁股翹向同一個方向。

沒多久，一個比一個更響亮的屁不停得發射。在一連串又大又響的屁聲中，巨大的陶瓷湯匙，靠著屁風的推動，把大家安全送往電流平原的另一端。

「神奇的寬寬大師，萬歲！」

皇宮裡的國王，聽見大家的歡呼聲，氣得從椅子上跳起來。

他在皇宮大廳施了一個惡毒的咒語，「只要有人在皇宮裡自稱『大師』，就會立刻變成蟑螂。」

他還下令皇宮裡所有的士兵，只要一看到蟑螂，一定要盡全力踩扁牠。

八 大師是蟑螂

音樂會終於要開始了，皇宮外擠滿了想一睹寬寬風采的人潮。而白狐狸老師因為沒有邀請函，所以被士兵擋在外面。老師再三叮嚀寬寬：「國王是個奸詐狡猾的音樂魔法師，會千方百計搶走你的小提琴，你千萬要小心。」

寬寬才一走進皇宮大廳，國王就熱情的過來跟他握手：「歡迎，歡迎，你就是寬寬大師？」

「我是小熊寬寬。國王陛下您好。」寬寬有禮貌的向國王鞠躬。

國王皺著眉頭，食指不停的戳著寬寬的胸口，「你就不要客氣了，快點承認自己是大師吧。」

「我……不是大師。」寬寬小聲的說。

「煩死了！你現在跟著我唸！只要跟著我唸完每一句，就算是魔法小提琴的合法擁有者。」國王氣呼呼的對著寬寬說，寬寬趕緊點點頭。

「我是寬寬。」

「我是寬寬。」

「寬寬是魔法小提琴的合法擁有者，所以我是大師。」

「寬寬是魔法小提琴的合法擁有者，所以我……」

寬寬愈唸愈小聲，還沒唸完就停了下來。

「為什麼不唸？快唸最後一句！」

國王氣得眼睛都快噴出火了。

寬寬害怕得猛搖頭：

「我才剛學琴沒多久，

根本不知道什麼是『大師』，

我沒看過任何一位音樂大師。」

「太無禮了！什麼叫做『沒看過音樂大師』？現在站在你面前的本國王，就是如假包換的音樂大師！」國王一說完，「啵！」的一聲，一隻巨大的蟑螂出現在寬寬面前。

「啊！大蟑螂！」皇宮的士兵們，一聽見「蟑螂」兩個字，立刻瘋狂的

衝進皇宮，朝大蟑螂又踩又踹。帶著皇冠的大蟑螂被踩中幾腳後，狼狽的鑽進地洞，逃走了。

一年一度的皇家音樂會，在找不到國王的情況下，輕鬆又愉快的圓滿閉幕。

而寬寬，也順利的成為魔法小提琴的合法擁有者。因為許多參加音樂會的來賓親耳聽到國王大叫：「寬寬是魔法小提琴的合法擁有者！」

音樂會結束後，寬寬在大家的歡呼聲中，帶著心愛的魔法小提琴，找到守在皇宮外面的白狐狸老師。

「老師，回森林以後，請你教我更多拉琴的技巧和有關音樂的東西好嗎？」寬寬說。

「只要你努力學，我一定努力教。不過……」白狐狸老師帶著微笑看著寬寬：「或許該由你來教我，因為你是『大師』啊。」

「天啊，我才不要當大師，當大師會變成蟑螂耶！」寬寬大叫。

師徒二人的笑聲，迴盪在皎潔的月光下。

他們說說笑笑，一步步走回樂活森林。

【作者的話】

我是個個性慵懶，對作品卻嚴格的作家，為了寫出優秀的故事，也為了躲避凶狠無比的編輯們，我在九年前搬進寧靜祥和的樂活森林遠離都市。

作家總是非常忙碌，必須到處尋找靈感、思考大綱、尋找角色。忙得沒有時間可以料理三餐。還好森林裡有家物美價廉的熊家小吃店，幫我解決三餐。也因為這樣，我和小熊一家成為好朋友。

奇怪，為什麼我愈忙愈胖？難道是吃多了熊家的口水？

有天晚上，小吃店收到一封通知信，一個電視節目兩天後要來採訪，在小提琴比賽中得獎的寬寬和其他村民。大家決定由我代表村民接受訪問，因為……「作家最有學問，作家口才最好了。」居民們說。

第二天，許多人幫我把超級髒亂的客廳，打掃得一塵不染、閃閃發亮。他們也熱心的幫我打扮，試了各式各樣的妝扮、換了一件又一件衣服。最後終於找到一個大家都滿意的妝扮（就是我平常的模樣）。

我就知道，天生麗質的人根本就不需要刻意打扮。

訪問當天，一位壯得像猩猩的女人，攤開大大小小的刷子、五顏六色的顏料，和巨大吹風機，幫我妝扮。

她以前在遊樂場的鬼屋工作嗎？

等我看到鏡中的自己時，以為看到戴著一個鋼鐵安全帽的女妖怪。

接著，一位白衣白帽、濃妝豔抹的女人走進來。「什麼爛地方？噁心死了。趕快拍一拍，這種鬼地方我一秒也不想多待！」原來她就是知名的主持人。

穿著花襯衫的製作人，笑咪咪的安撫主持人。一轉頭，馬上惡聲惡氣得對我說：「你！準備Action啦！」。

此時，我胸中那座休眠的火山開始蠢蠢欲動。

噁心？誰可以拿面鏡子給她，讓她瞧瞧什麼才叫做噁心。

訪問一開始，主持人用又甜又膩的娃娃音對著攝影機說：「今天我們要訪問一位小提琴老師……」

「我不是小提琴老師。」我提出異議。

「卡！這段剪掉。」主持人瞪了我一眼，繼續用娃娃音對著攝影機說：「剛剛老師告訴我們，她用愛心、耐心來陪伴寬寬……」

「根本沒有……」

「你閉嘴坐著就可以了。反正以你們的水準，也說不出什麼好話。」主持人伸出尖尖的指甲，尖酸刻薄的說著。

看著主持人說得口水亂噴，舌頭亂晃，我胸中的火山冒出濃濃的黑煙，頭髮一根根豎了起來。

忽然「噗！」一個又臭又響的屁從主持人的白裙子裡噴出。

沒想到主持人瞪著我說：「噁心死了，這些鄉下人真沒水準，竟然當眾放屁！」

面對這個顛倒是非的女人，我抓起地上的掃把怒吼：「你說我是鄉巴佬，又說我沒水準，現在，還把你噁心的屁誣賴給我！」

「對！我最討厭人家誣賴我放屁！」熊爸爸領著鄰居們衝進客廳，合力趕走這群可惡又討厭的無賴。

那天晚上，大家坐在亂糟糟的客廳裡，忽然聽見寬寬放了個小小的屁，大家你看看我，我看看你，笑成了一團，笑得眼淚都掉出來了。笑聲中，一個有趣的故事，在我腦海裡成形，於是，這個有趣的故事，誕生了。

【音樂小教室2】

小朋友好，我是新來的音樂老師，絲竹老師！

小朋友　死豬老師？哈哈哈，死豬……

說請楚一點，ㄙ，一聲ㄙ，竹是竹子的竹，二聲竹。

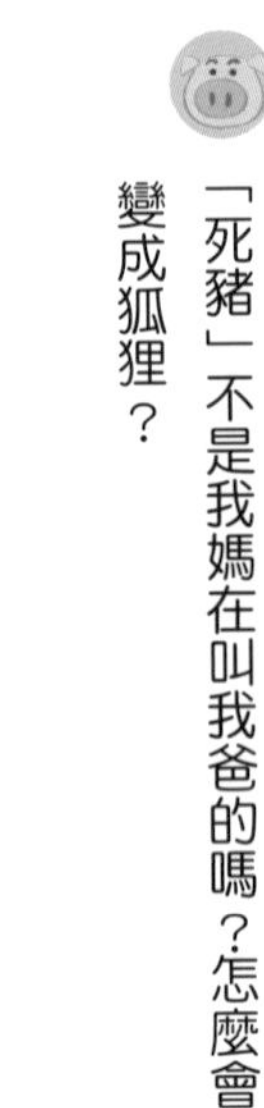

「死豬」不是我媽在叫我爸的嗎？怎麼會變成狐狸？

小朋友　死豬老師？哈哈哈，「死豬」……

絲竹老師拿出一根竹棍。

你們說，這是什麼？

好吃的午餐。

是昨天晚上我爸請我吃的「竹筍炒肉絲」。

難道沒有人知道這是什麼嗎？

不就是一根普通的竹子嘛！

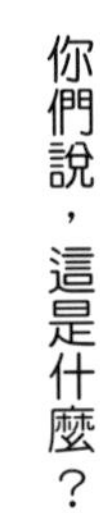

沒錯，這是一根普通的竹子。但是只要在上面挖幾個洞，你們聽。

狐狸老師拿起有洞的竹棍，吹奏起來，音樂悠揚美妙。等演奏完畢，全班歡聲雷動。

這就是絲竹裡所說的「竹」。也就是「管樂」，包括笛子、蕭，這類樂器。

那「絲」又是什麼？

狐狸老師點點頭，讚許的說：「絲」，就是指「弦樂」，也就是古箏、琵琶，這類有弦的樂器。所以，「絲竹」就是「管弦樂」，也就是「音樂」的意思。

老師，有「管鹹」的樂器，一定有「管甜」的樂器。你快告訴我，什麼是管甜的樂器，我比較喜歡吃甜的！

記好，「絲竹」就是「音樂」的意思。以後叫我音樂老師就好。好，現在下課！

哆瑞咪音樂報

國王失蹤了！

自從在皇家音樂會當眾對寬寬大師大吼大叫後，國王就失蹤了。皇家警局經過多日調查，依舊毫無音訊。據參加音樂會的人士私下透露，應該是國王對寬寬大師吼叫的不敬舉動，惹怒了大師，所以被施法變不見。

不過，大家都不願意到警局做證，因為害怕得罪寬寬大師。同時大家也認為，這是國王咎由自取，罪有應得。

顛倒女巫入獄

顛倒女巫終於進了音樂大牢，高八度法院判決：每日對她播放「貓被踩到尾巴的尖叫聲」3小時、「五音不全男高音唱情歌」100遍、「用鋼針在玻璃上寫字」70行。這是音樂王國有史以來，最嚴厲的刑罰。

閃亮亮巫師擔任代理國王

皇家法院宣告，國王一職由閃亮亮巫師代理。閃亮亮巫師從魔法醫院出院後，一直保持低調。身上的閃光也由150燭光，改為120燭光。

寬寬是魔法小提琴的合法擁有者

閃亮亮巫師在宣誓就職典禮上，公開宣布樂活森林的寬寬，是魔法小提琴的唯一合法擁有者，請大家不要再去騷擾寬寬大師。

農夫抓到變種大蟑螂

皇宮外不遠處的農場，抓到一隻超級大的變種蟑螂。據抓到他的農夫說，這隻蟑螂喝光他酒窖裡的酒，還不停的對他又吼又叫。這隻危險的蟑螂已經送往不正常昆蟲研究所，交給DDT教授研究。

超級邪惡安眠曲

考古學家烏拉拉發現一首名為「超級邪惡安眠曲」的古老樂譜，原本預計將於皇家音樂會當天演出。但是據說每位參加排練的演奏家，全都睡得很熟，根本無法順利演奏。所以這首「超級邪惡安眠曲」依舊是個謎。

◎親子天下執行長 何琦瑜

在臺灣，推動兒童閱讀的歷程中，一直少了一塊介於「圖畫書」與「文字書」之間的「橋梁書」，讓孩子能輕巧的跨越閱讀文字的障礙，循序漸進的「學會閱讀」。這使得臺灣兒童的閱讀，呈現兩極化的現象：低年級閱讀圖畫書之後，中年級就形成斷層，沒有好好銜接的後果是，閱讀能力好的孩子，早早跨越了障礙，進入「富者越富」的良性循環；相對的，閱讀能力銜接不上的孩子，便開始放棄閱讀，轉而沉迷電腦、電視、漫畫，形成「貧者越貧」的惡性循環。

國小低年級階段，當孩子開始練習「自己讀」時，特別需要考量讀物的文字數量、字彙難度，同時需要大量插圖輔助，幫助孩子理解上下文意。如果以圖文比例的改變來解釋，孩子在啟蒙閱讀的階段，讀物的選擇要從「圖圖文」，到「圖文文」，

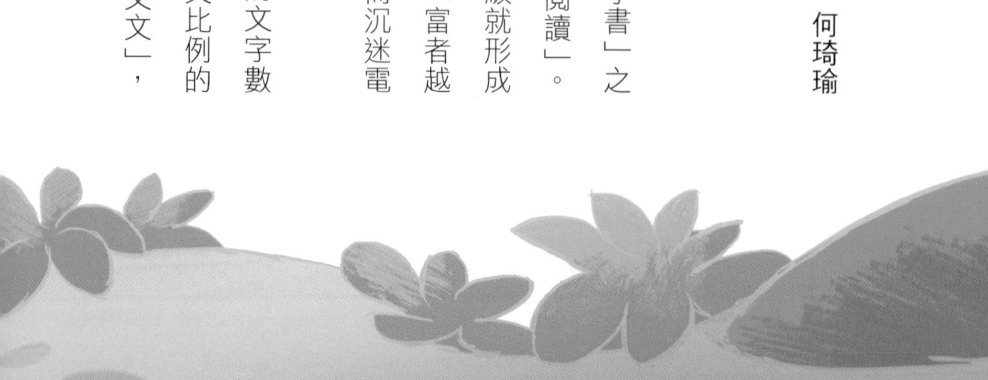

再到「文文文」。在閱讀風氣成熟的先進國家，這段特別經過設計，幫助孩子進階閱讀、跨越障礙的「橋梁書」，一直是不可或缺的兒童讀物類型。

橋梁書的主題，多半從貼近孩子生活的幽默故事、學校或家庭生活故事出發，再陸續拓展到孩子現實世界之外的想像、奇幻、冒險故事。因為讓孩子願意「自己拿起書」來讀，是閱讀學習成功的第一步。這些看在大人眼裡也許沒有什麼「意義」可言，卻能有效引領孩子進入文字構築的想像世界。

親子天下在二〇〇七年正式推出橋梁書【閱讀123】系列，專為剛跨入文字閱讀的小讀者設計，邀請兒文界優秀作繪者共同創作。用字遣詞以該年段應熟悉的兩千個單字為主，加以趣味的情節，豐富可愛的插圖，讓孩子有意願開始「獨立閱讀」。從五千字一本的短篇故事開始，孩子很快能感受到自己「讀完一本書」的成就感。本系列結合童書的文學性和進階閱讀的功能性，培養孩子的閱讀興趣、打好學習的基礎。讓父母和老師得以更有系統的引領孩子進入文字桃花源，快樂學閱讀！

橋梁書，讓孩子成為獨立閱讀者

◎中央大學學習與教學研究所教授　柯華葳

獨立閱讀是閱讀發展上一個重要的指標。幼兒的起始閱讀需靠成人幫助，更靠圖畫支撐理解。許多幼兒有興趣讀圖畫書，但一翻開文字書，就覺得這不是他的書，將書放在一邊。為幫助幼童不因字多而減少閱讀興趣，傷害發展中的閱讀能力，親子天下童書編輯群邀請本地優秀兒童文學作家，為中低年級兒童撰寫文字較多、圖畫較少、篇章較長的故事。這些書被稱為「橋梁書」。顧名思義，橋梁書就是用以引導兒童進入另一階段的書。其實，一本書容不容易被閱讀，有許多條件要配合。其一是書中用字遣詞是否艱深，其次是語句是否複雜。最關鍵的是，書中所傳遞的概念是否為讀者所熟悉。有些繪本即使有圖，其中傳遞抽象的概念，不但幼兒，連成人都可能要花一些時間才能理解。但是寫太熟悉的概念，讀者可能覺得無趣。因此如何在熟悉和不太熟悉的概念間，挑選適當的詞彙，配合句型和文體，加上作者對故事的鋪陳，是一件很具挑戰的工作。

這一系列橋梁書不說深奧的概念，而以接近兒童的經驗，採趣味甚至幽默的童話形式，幫助中低年級兒童由喜歡閱讀，慢慢適應字多、篇章長的書本。當然這一系列書中也有知識性的故事，如《我家有個烏龜園》，作者童嘉以其養烏龜經驗，透過故事，清楚描述烏龜的生活和社會行為。也有相當有寓意的故事，如《真假小珍珠》，透過「訂做像自己的機器人」這樣的寓言，幫助孩子思考要做個怎樣的人。

【閱讀123】是一個有目標的嘗試，未來規劃中還有歷史故事、科普故事等等，且讓我們拭目以待。期許有了橋梁書，每一位兒童都能成為獨力閱讀者，透過閱讀學習新知識。

閱讀123